佐羅力遊樂園餐廳

茶鋪子餐廳

在這間餐廳，一定要吃這個。

溫溫的海帶芽味噌湯
冷掉的飯
缺角的碗
鹹沙丁魚乾一條
溢出來的味噌湯
沒切斷的醃黃蘿蔔
園套餐
460元

★吃了這　套餐，不管是夢想或希望，都會消逝無蹤。

佐羅力仙貝

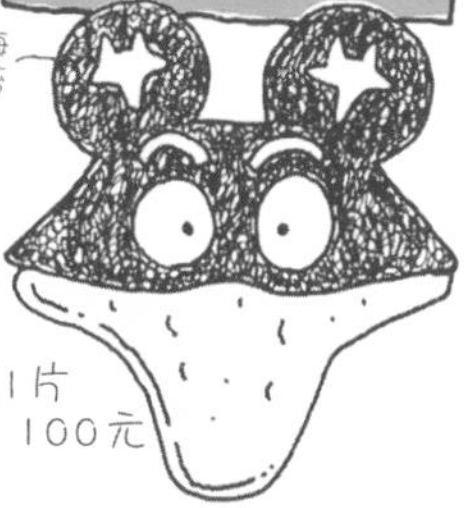

海苔

1片 100元

這兩樣是送給爺爺奶奶的最佳禮物唷。

豬·魯豬豬 芝麻口味米果

芝麻味
昆布味

1袋 380元

佐羅力棒棒

把長鼻子舔一舔，舔成短鼻子吧！

1根 50元

立體方格苦刑架口香糖

1個 50元

★一開始咬就會因為很黏很黏，整個嘴巴都張不開。

噴射烤麵包機 黑吐司

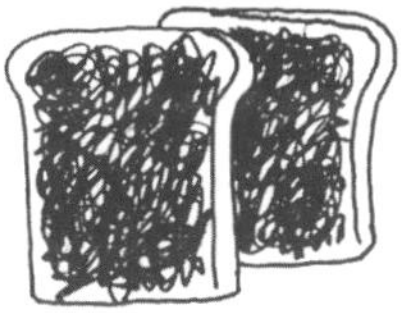

1片 20元

★吃太多容易得癌症，小心別吃過頭啦。

佐羅力大挑戰的解答(題目在封底)

大家全都發現了嗎？

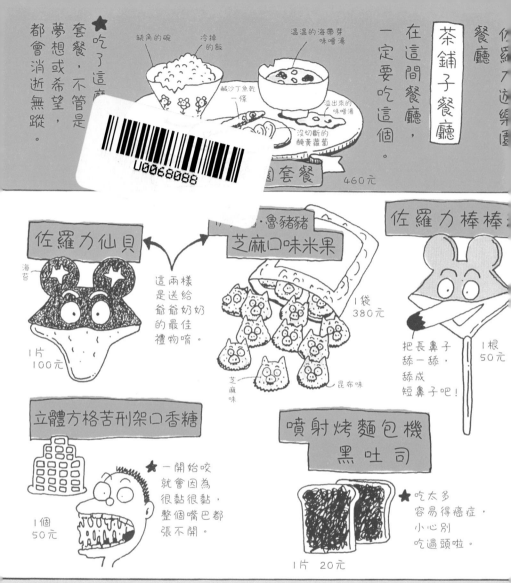

伊豬豬和魯豬豬的恐怖兒童公園

魯豬豬，趁著佐羅力大師在睡覺，我們來當一下這本書的主角吧。
嗯，這真是個好點子，就讓各位讀者瞧瞧我們惡作劇的功力吧。

哎呀呀，這次怎麼佐羅力都還沒出現，故事就已經開始了呢？

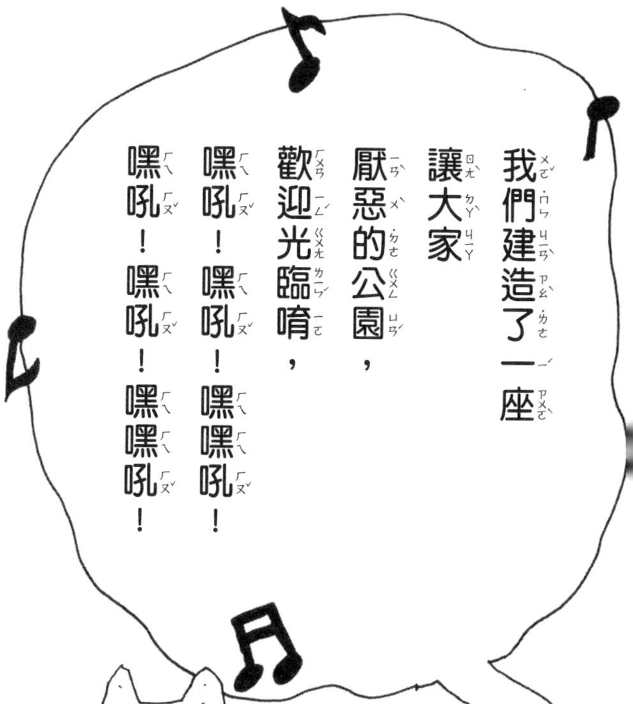
我們建造了一座
讓大家
厭惡的公園，
歡迎光臨唷，
嘿吼！嘿吼！嘿嘿吼！
嘿吼！嘿吼！嘿嘿吼！

想不想瞧瞧
伊豬豬和魯豬豬到底在公園裡，
設計了哪些東西呢？

伊豬豬 魯豬豬的兒童公園

伊豬豬抬頭挺胸，得意的說：

「我製作的是『蛇滑梯』，溜起來有多恐怖呢？魯豬豬，你來試試看吧。」

「好，我最愛溜滑梯了。我要開始溜下去嘍。」

魯豬豬坐上又黏又滑的

「蛇滑梯」，
咻咻咻咻——的
猛衝而下。
結果就像
大家所想的一樣……

掉進了大蛇張得大大的嘴巴裡。

哇——好恐怖喔，我要變成這條蛇的食物了。果然是伊豬豬老兄才想得出來的點子。
伊豬豬，這次換你爬爬看我製作的立體方格苦刑架。
咻
咚

伊豬豬跳上魯豬豬精心搭建的「立體方格苦刑架。」

可是，這座立體方格苦刑架……

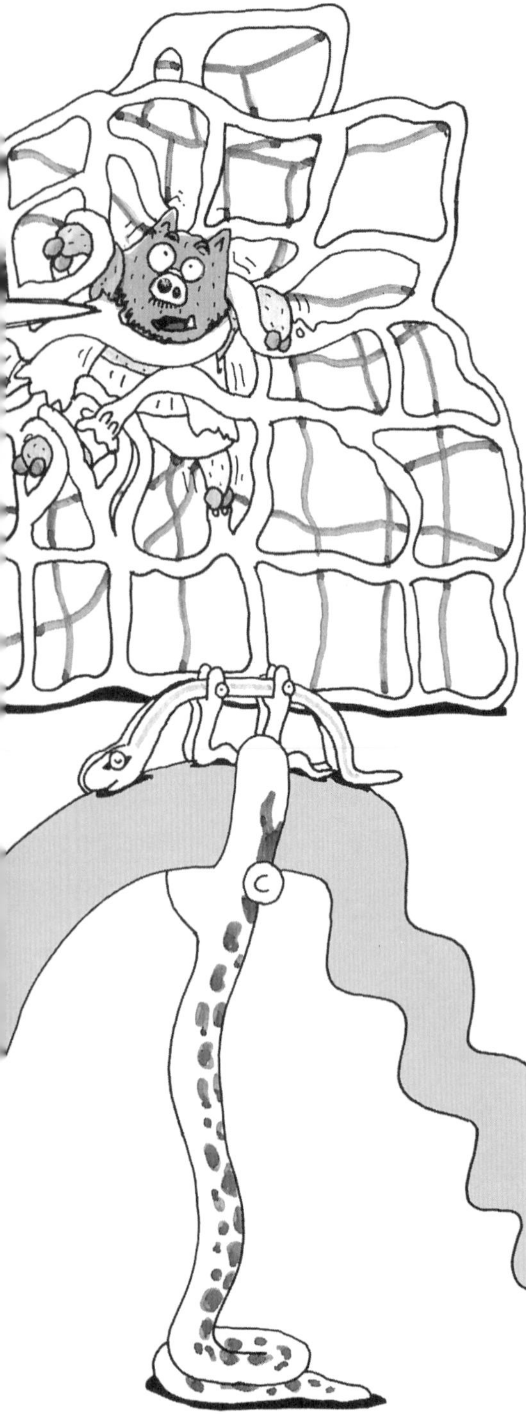

居然是用黏答答的口香糖做成的。伊豬豬一爬上去，就被它黏住了，全身還被纏哪纏哪纏，纏成了現在這副模樣。

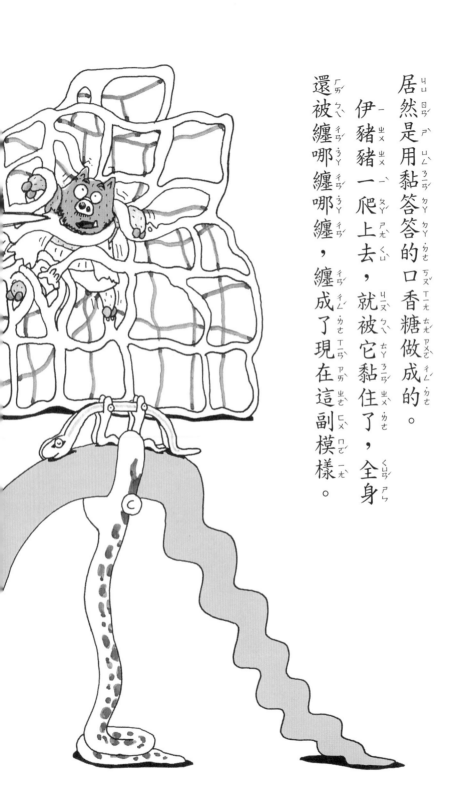

哇——救命啊——我不能動了，快沒氣啦——
哇——救命啊——我快要被大蛇吃進肚子裡啦——
怎麼這麼吵呀！本大爺睡得正香耶！
唔？各位讀者正在看這邊嗎？喂、喂，故事已經開始了嗎？

嗚，請原諒我。
火冒三丈
才一個不注意，就搞成這樣。你們想當主角還得等十年以上呢。
我馬上就來救你們。不過，等一下要跟各位讀者道歉喔。

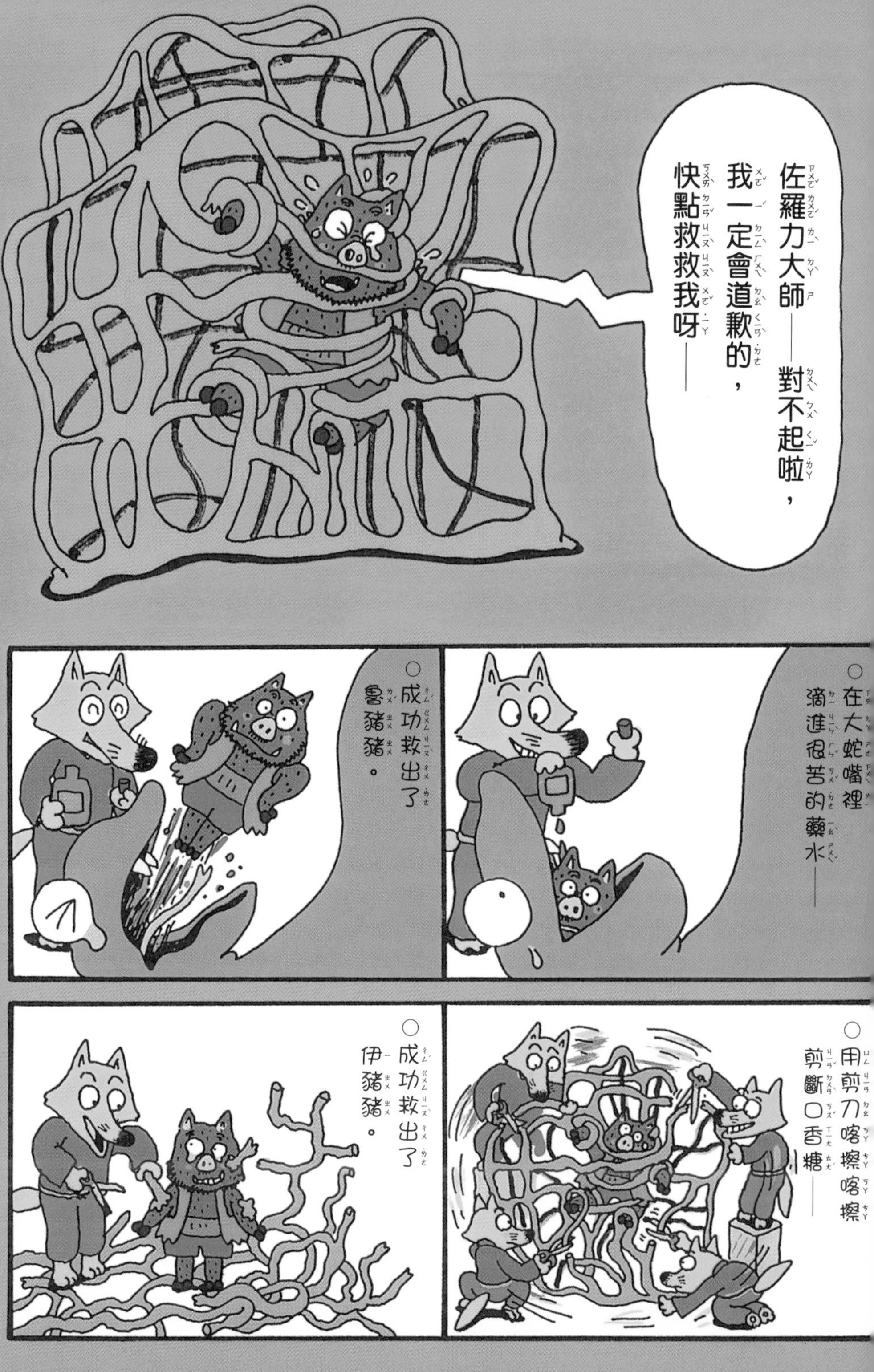
佐羅力大師——對不起啦，我一定會道歉的，快點救救我呀——
○在大蛇嘴裡滴進很苦的藥水——
○成功救出了魯豬豬。
○用剪刀喀擦喀擦剪斷口香糖——
○成功救出了伊豬豬。

道歉啟事

各位佐羅力的粉絲們，
你們因為想看怪傑佐羅力
而購買了這本書。
伊豬豬和魯豬豬卻
隨便就浪費掉前面的
11頁。我們已經被
嚴厲的教訓過，
以後再也不敢了。
請原諒我們。

好了，好了，下一頁開始，
就由怪傑佐羅力出場。
敬請期待。

怪傑佐羅力之恐怖遊樂園

文·圖 **原裕**　譯 周姚萍

各位讀者，我將讓你們看看，我的惡作劇等級比伊豬豬和魯豬豬到底高了多少？快！睜大你們的雙眼吧！我將建造的不是公園，而是一座大型遊樂園！！
⊙因為太久沒出現，佐羅力迫不及待想一展身手啦！

⊙伊豬豬和魯豬豬跪坐在框框外反省中。

做好了，做好了，看哪，已經做好了。看哪看哪，怎麼樣啊？憑著佐羅力的力量，只用了十天，就建造出這樣的遊樂園。這就是，佐羅力、佐羅力樂園哪！
對不起啊佐羅力大師——您在轉眼間就建造出這麼酷的遊樂園，
遊樂園
入口
售票口

讓我們覺得，
自己真的太遜了。
我們將追隨您到任何地方，
繼續努力的學習。
嘿吼！嘿吼！嘿嘿吼！
嘿吼！嘿吼！嘿嘿吼！
佐
售票口

一直說好酷！好酷！到底有多酷呢？
不看看是不會知道的。
所以，請進來瞧瞧吧。

官方地圖
鱷魚池
叢林巡航
狂轉木馬
苦命鴛鴦杯
紀念品店
紀念品
茶鋪子
佐羅力遊樂園
入口
售票口
售票口
遊樂園裡有許許多多的遊樂設施，恐怖到搭過一次，就不想再搭第二次。

天才 佐羅力 花了十天 建造出的
佐羅力遊樂
摩天輪
水池
噴射烤麵包機
請注意
◎廁所只設置在遊樂園外，要上廁所請到外頭去，再入園時得再買一次佐羅力遊樂園門票喔。
今日活動訊息
☆今天的煙火大會準時於晚間七點開始，敬請期待。
伊豬豬和魯豬豬的兒童公園
廁所
大師的等級果然比我們高很多。不過，好像少了什麼耶
啊，真的耶!!
佐羅力大師真的好了不起喔。

「佐羅力大師，
在這麼酷的遊樂園裡，
要是有一座像是給
灰姑娘住的那種城堡，
就更酷了。」

「你們都沒張大眼睛
注意看，雖然我沒蓋城堡，
但城堡不就在那邊嗎？」
他們朝佐羅力手指的方向看去……

矗立在摩天輪後方的建築，不就是一座雄偉的城堡嗎？

「啊！我看過那座城堡耶。」

「那是可恨的黑豹亞瑟王，和艾露莎公主一起居住的城堡！」

「沒錯，本大爺就是為了把那座城堡搶過來，

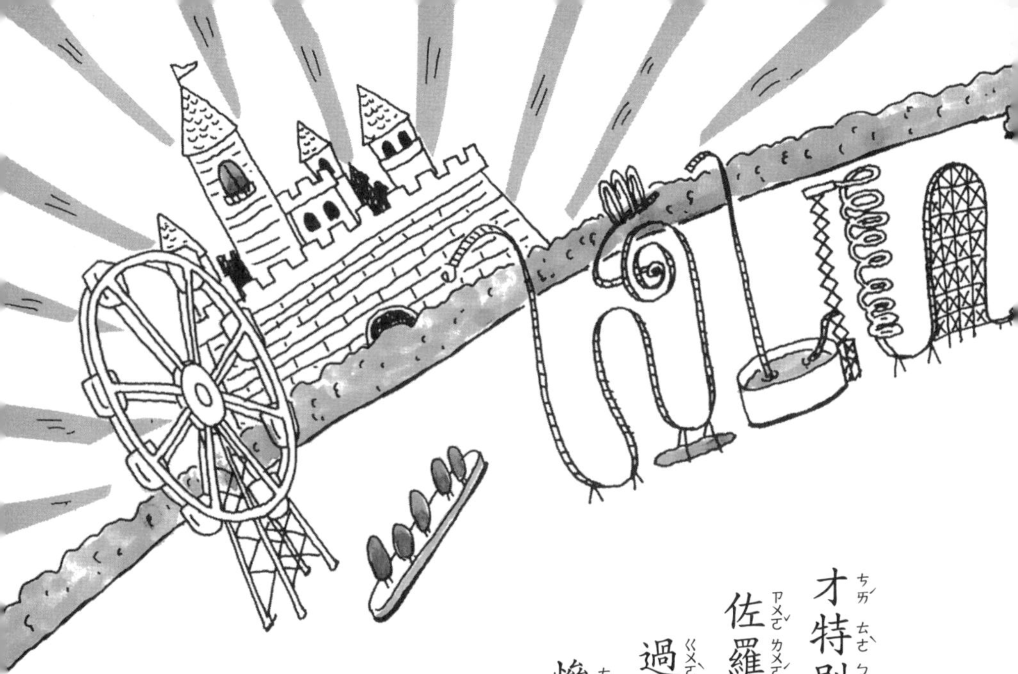

才特別在它旁邊建造了這座佐羅力遊樂園啊。嘻嘻呵呵。」過去佐羅力曾跟亞瑟對決，卻輸得慘兮兮，留下了難堪的回憶。

「這次我要讓大家親眼看見，本大爺是怎麼把城堡搶過來的。」

佐羅力的嘴角浮現充滿自信的微笑。

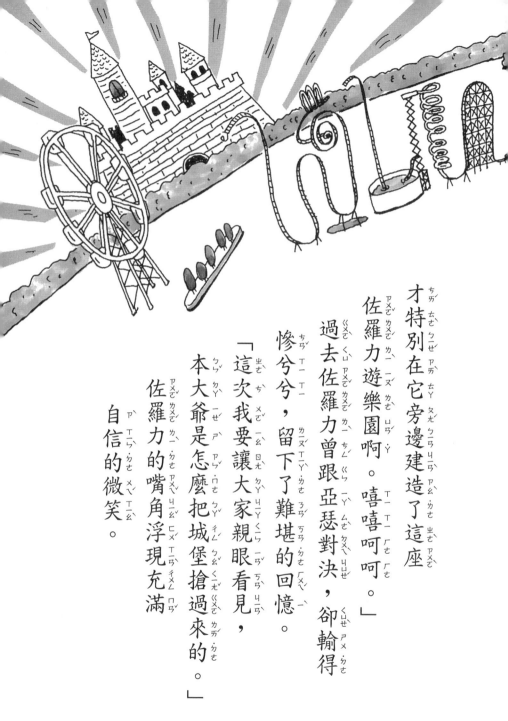

這時，在亞瑟的城堡裡——

「亞瑟，快起床，快起床，隔壁蓋了一座遊樂園耶，我覺得我們好幸運啊！」

艾露莎公主從窗戶往外看，興奮的說道。

「難怪這陣子我一直聽到施工的噪音，原來是在蓋遊樂園啊。」

「親愛的，快點帶我去遊樂園，快帶我去啦！」艾露莎撒嬌的說道。

這時，從窗外的摩天輪跳出來的，是專程等在那兒的——

鏘鏘鏘——！
我是專屬於佐羅力遊樂園，
超可愛的吉祥物佐羅力鼠。
突然在貴城堡隔壁
興建遊樂園，
真的很抱歉。
為了表示歉意，
特別邀請兩位
成為我們的開園貴賓，
免費招待兩位
暢遊遊樂園。

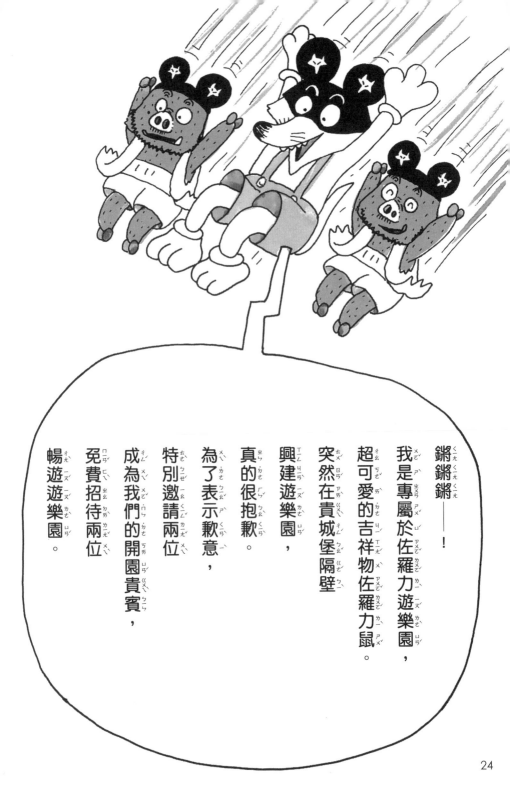

「哇！太棒了!!」

艾露莎非常開心。

「來，請笑納！

這是佐羅力遊樂園的全日通行證。一整天當中，能不限次數的搭乘任何遊樂設施。」

佐羅力鼠將通行證遞給亞瑟。

「謝謝你。」

「啊，對了，對了，亞瑟王，為了表示通行證是您所有，請簽上名字，以免發生誤會，造成不必要的麻煩。」

「亞瑟，快簽，快簽，我等不及要去玩了。」

被艾露莎催個不停的亞瑟，在通行證上簽了名字。

「嘿嘿嘿，你們

上鉤了。我說亞瑟啊！簽名前要好好的看清楚內容啊。」

佐羅力鼠把老鼠帽子脫下來，隨便一丟。

「啊，你、你、你是佐羅力。」

亞瑟連忙再把通行證上的內容仔細看一遍。他看到下方的幾行小字，寫著令人十分震驚的事。

佐羅力遊樂園
2人用 通行證
☆這張通行證可供情人或夫妻，
在今天不限次數搭乘
佐羅力遊樂園ㄉㄜ
遊樂設施，請盡情
暢遊佐羅力遊樂園。
顧客ㄉㄜ簽名
亞瑟
●只不過，一旦在這裡簽名，
就表示亞瑟滿懷喜悅ㄉㄜ將
他ㄉㄜ城堡贈予佐羅力遊樂園。
身為國王，一定要遵守承諾喔。

注意 佐羅力不會寫國字「的」，所以都寫注音，
請數數看他寫了幾個「ㄉㄜ」。

「伊豬豬、魯豬豬，快把通行證搶過來！」

「休、休想，這麼重要的城堡，我絕不會交給佐羅力的。」

亞瑟抓住艾露沙的手，

從城堡的樓梯

狂奔而下。

「喂！給我追——!!」

佐羅力的叫聲迴盪

在城堡中。

一跑出城堡外，亞瑟就說：
「快，我們得把
通行證撕碎
才行。」
「亞瑟，
我們連一項
遊樂設施
都還沒玩過耶，
這樣太可惜了啦。

等全部
都玩過一遍，
再撕掉也
不遲啊。」
「可、可是……」
「啊，你看，
我第一個想坐的
就是那個！」
艾露莎向前跑去。

苦命鴛鴦杯

也就是佐羅力樂園裡的旋轉咖啡杯。是一種非常有趣又好玩的旋轉設施，但是它真的只是這樣嗎？

亞瑟追著艾露莎，追到「苦命鴛鴦杯」那兒。

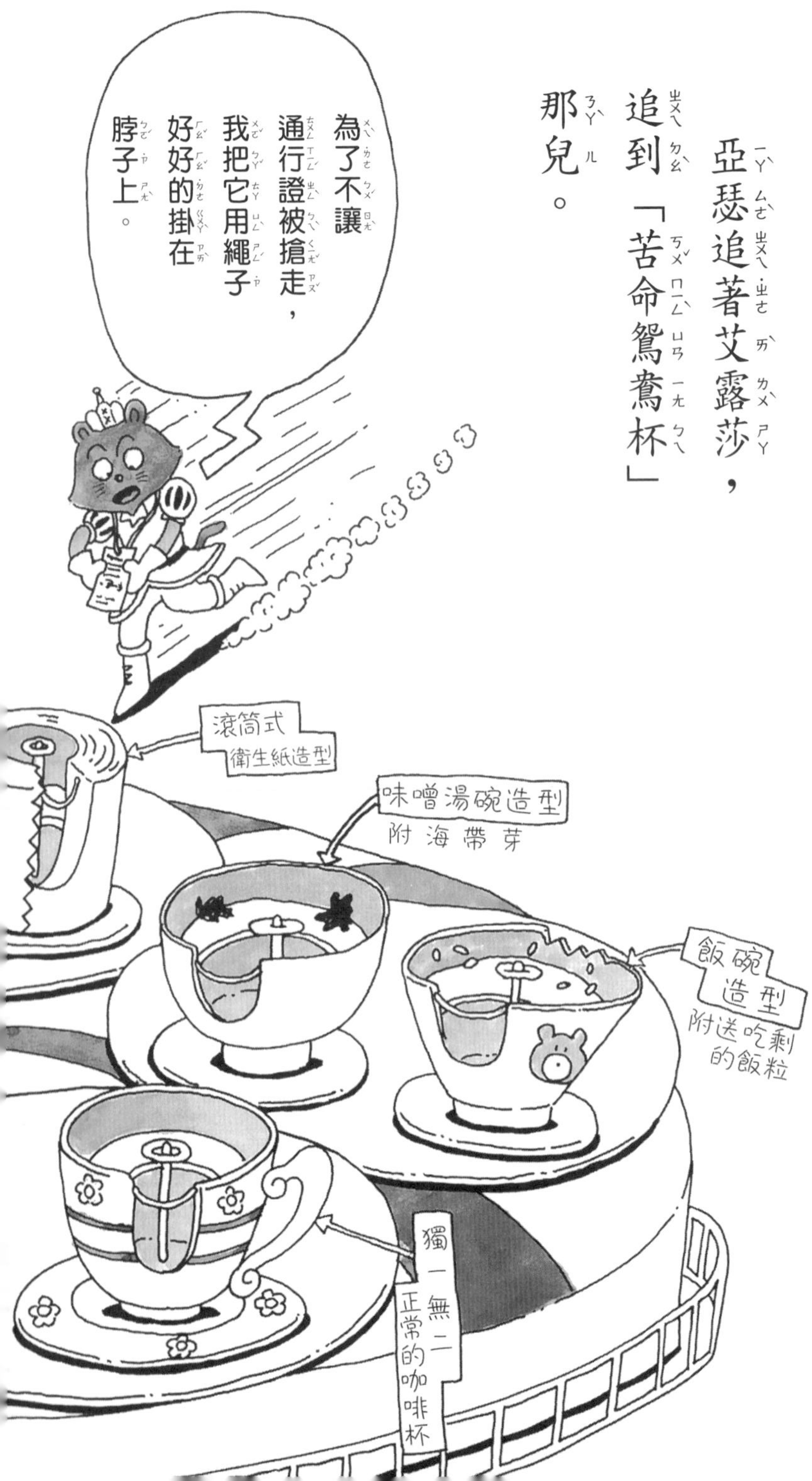
為了不讓通行證被搶走，我把它用繩子好好的掛在脖子上。
滾筒式衛生紙造型
味噌湯碗造型
附海帶芽
飯碗造型
附送吃剩的飯粒
獨一無二
正常的咖啡杯

什麼是鴛鴦杯呢？

⊡成對的杯子，
設計成夫妻可以一起使用。
男主人用大的那個杯子，
女主人用小的那個杯子，

找找看，
你的家裡有沒有呢？

嘿，亞瑟，我們一起來坐這對鴛鴦杯吧。我坐這個小的鴛鴦杯你坐那個大的鴛鴦杯。
馬桶造型
應該沒人想坐吧
男主人用
女主人用
鴛鴦杯
小牛奶壺
老鼠專用
他們兩個一坐進苦命鴛鴦杯裡……

佐羅力他們就追了過來。佐羅力笑著說：

「嘻嘻呵呵。本大爺的『苦命鴛鴦杯』就要開始旋轉了，請好好享受它帶來的痛苦滋味吧。」

鈴鈴鈴——

啟動遊樂設施的鈴聲響起了。

佐羅力
一按下按鈕，
杯子就像
跳舞似的，
咕嚕咕嚕
轉了起來。
過了好一陣子，
只有
亞瑟的杯子……

咻咻咻，
咻咻咻，
杯子開始
像陀螺一樣
轉個不停。
連亞瑟的
模樣也
沒辦法
看清楚了。

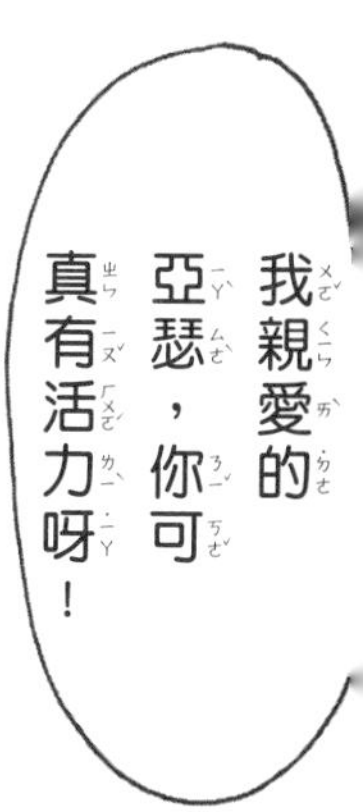
我親愛的亞瑟，你可真有活力呀！

「嘻嘻呵呵，趁亞瑟暈頭轉向的走下來時，你們就上前把通行證一把搶過來，知道嗎？伊豬豬、魯豬豬。」

「是，遵命！這個任務太簡單了。」

「啊——亞瑟，
好好玩喔。」
亞瑟卻頭昏眼花，
站也站不住。
「快！就是現在啦！」
當伊豬豬和魯豬豬
跑向亞瑟，
準備把他掛在脖子上的
通行證扯下來時——

「亞瑟，我們接下來
去玩那個。」
艾露莎開心的
大叫著，
拉著亞瑟的手
往前跑去。

叢林巡航

請帶著亞瑟他們走出叢林，前往鱷魚池，同時好好享受叢林探險的樂趣。只是，如果中途受傷，我們遊樂園一概不負責喔。

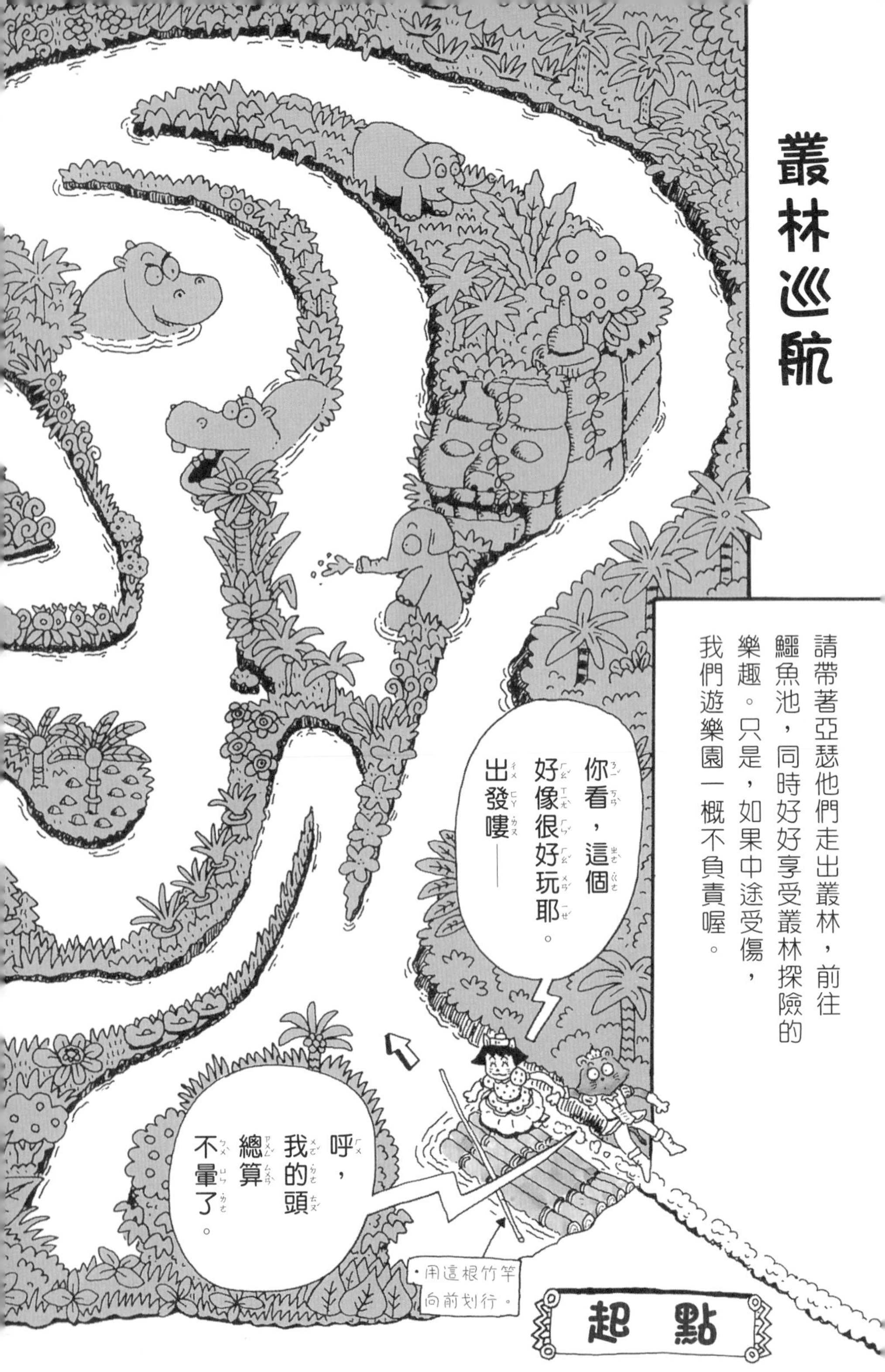

鱷魚池
抄近路，
抄近路。

亞瑟和艾露莎好不容易抵達了鱷魚池。那裡卻有一隻鱷魚張著大大的嘴巴，等著他們。

「艾露莎，
要是被
那麼銳利的
牙齒咬到，
沒人受得了的。」

「亞瑟怎麼這麼膽小，
那是假的啦，別怕，別怕。」

「是、是嗎？其實我、我也覺得是假的……」

亞瑟話還沒說完……

——鱷魚的嘴巴一閉，把木筏咬成兩段。

啪—哩
嘻嘻呵呵嘻嘻，真的鱷魚很嚇人吧？牠已經三天沒吃東西了，你們就來當牠的午餐吧。
哇~

伊豬豬，用這根枴杖把他的通行證鉤過來吧。
哈，好主意，魯豬豬，加油。
嗚哇啊，艾露莎，危險!!
吼!
嘿嘿嘿，心臟怦怦跳~~

嘿，只差一點點。
往上彈
啪哩
艾露莎，我會保護你的，你好好抓緊嘍。
嘿，伊豬豬，我鉤到了。
啊，亞瑟，鱷魚在你後面。
漂啊漂

哇！好恐怖喔。
喀啦
哎呀！
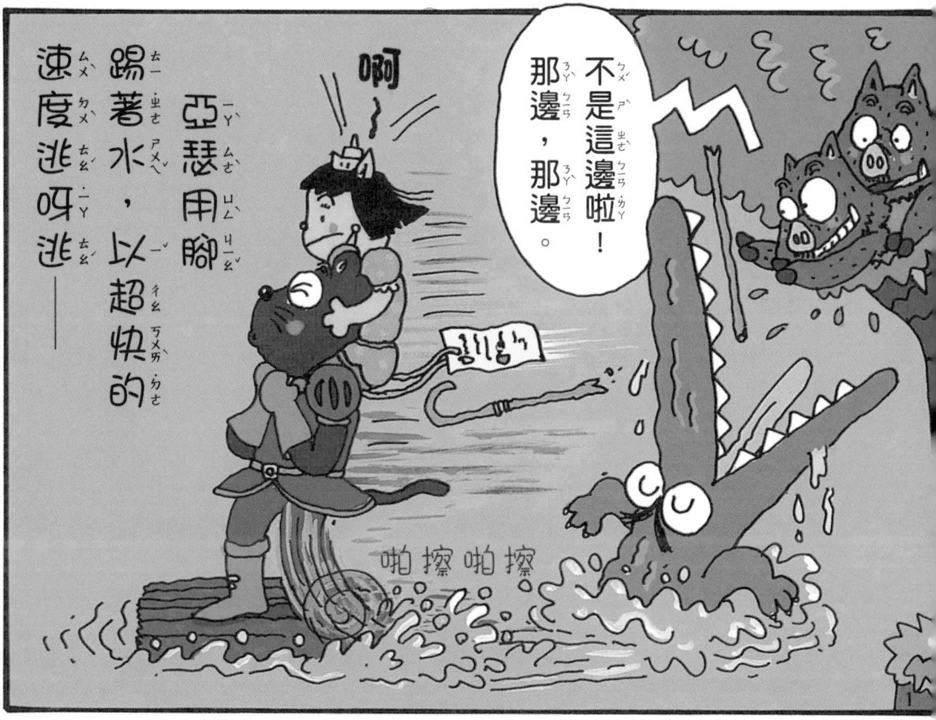
不是這邊啦！那邊，那邊。
啊～
亞瑟用腳踢著水，以超快的速度逃呀逃——
啪擦啪擦

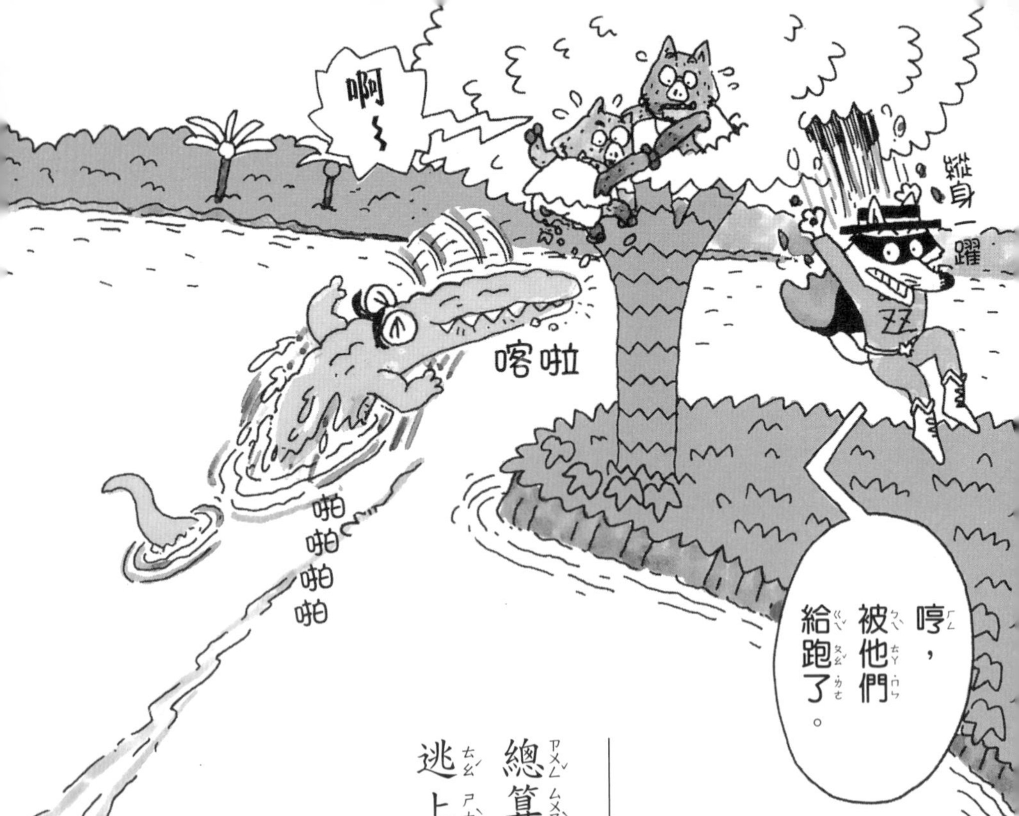

——亞瑟拚了老命總算和艾露莎逃上岸。

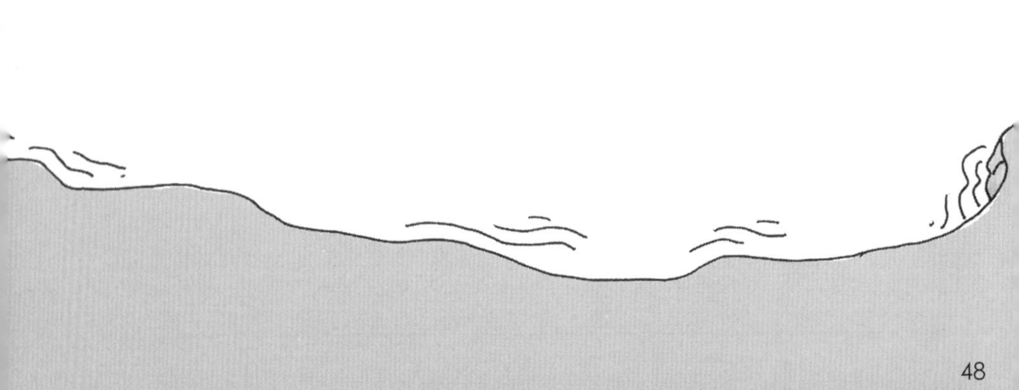

呼，得救了。
啊！有雲霄飛車耶，看起來超好玩的。對了，對了，雲霄飛車是一定要坐的啦，亞瑟。

噴射烤麵包機

也就是佐羅力遊樂園的雲霄飛車。不僅速度超快，還有各式各樣的機關等著亞瑟他們呢。

「就是這個，就是這個。到遊樂園沒坐這項遊樂設施，會被別人取笑的。」艾露莎高興得又蹦又跳。

亞瑟有嚴重的懼高症，偏偏艾露莎

這麼開心。
所以亞瑟下定決心，
就算閉緊眼睛，
也要陪艾露莎
一起坐。

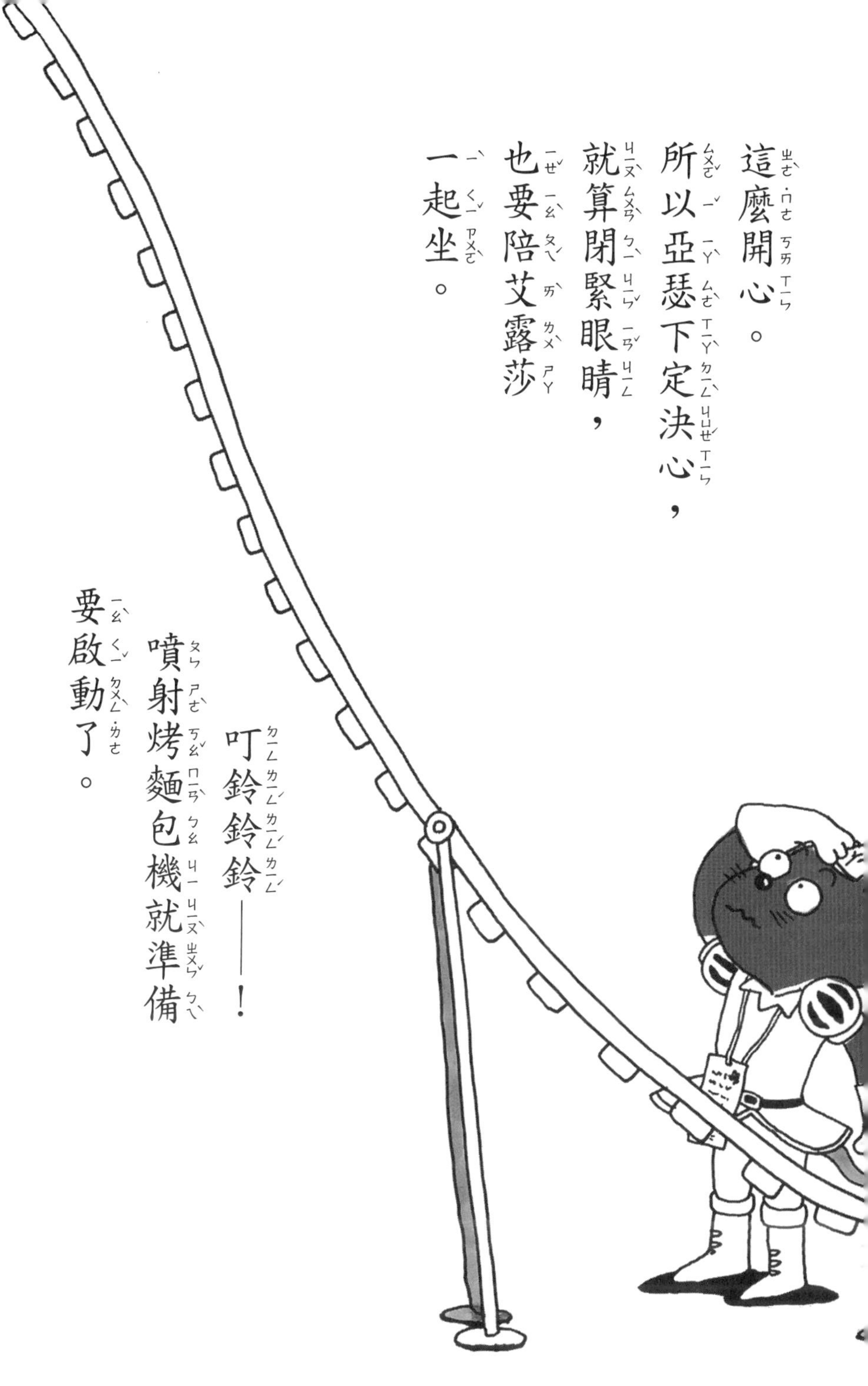

叮鈴鈴鈴——！
噴射烤麵包機就準備
要啟動了。

噴射烤麵包機發出嘎啦嘎啦的聲音，一路往上爬，爬到很高的地方，從上面往下看，房子和樹木都變得跟豆子一樣小。

「哇——要從這麼高的地方垂直落下呀？」

亞瑟開始覺得頭暈目眩。

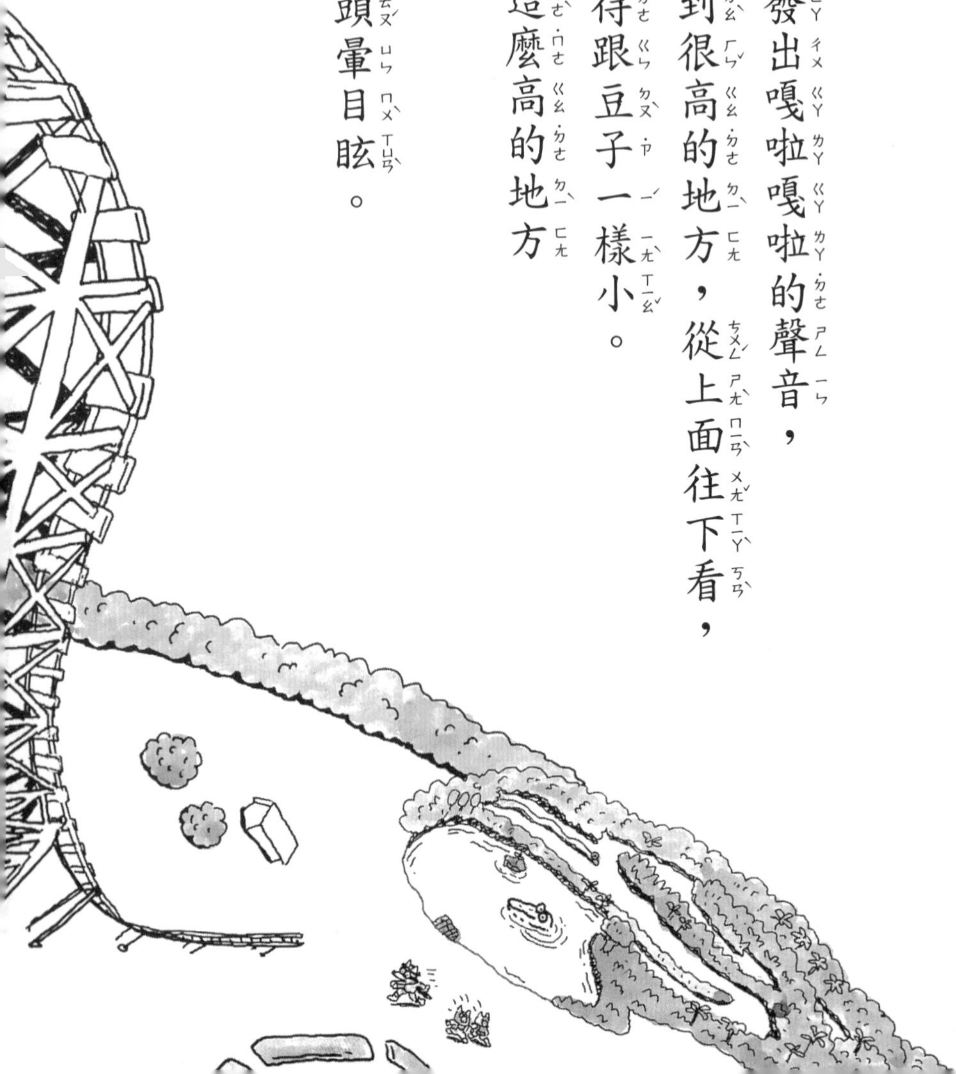

有綁安全帶，應該不會有事吧。
亞瑟，要衝下去嘍，我覺得好刺激喔。

羅力遊樂園的噴射烤麵包機10大恐怖設計!!

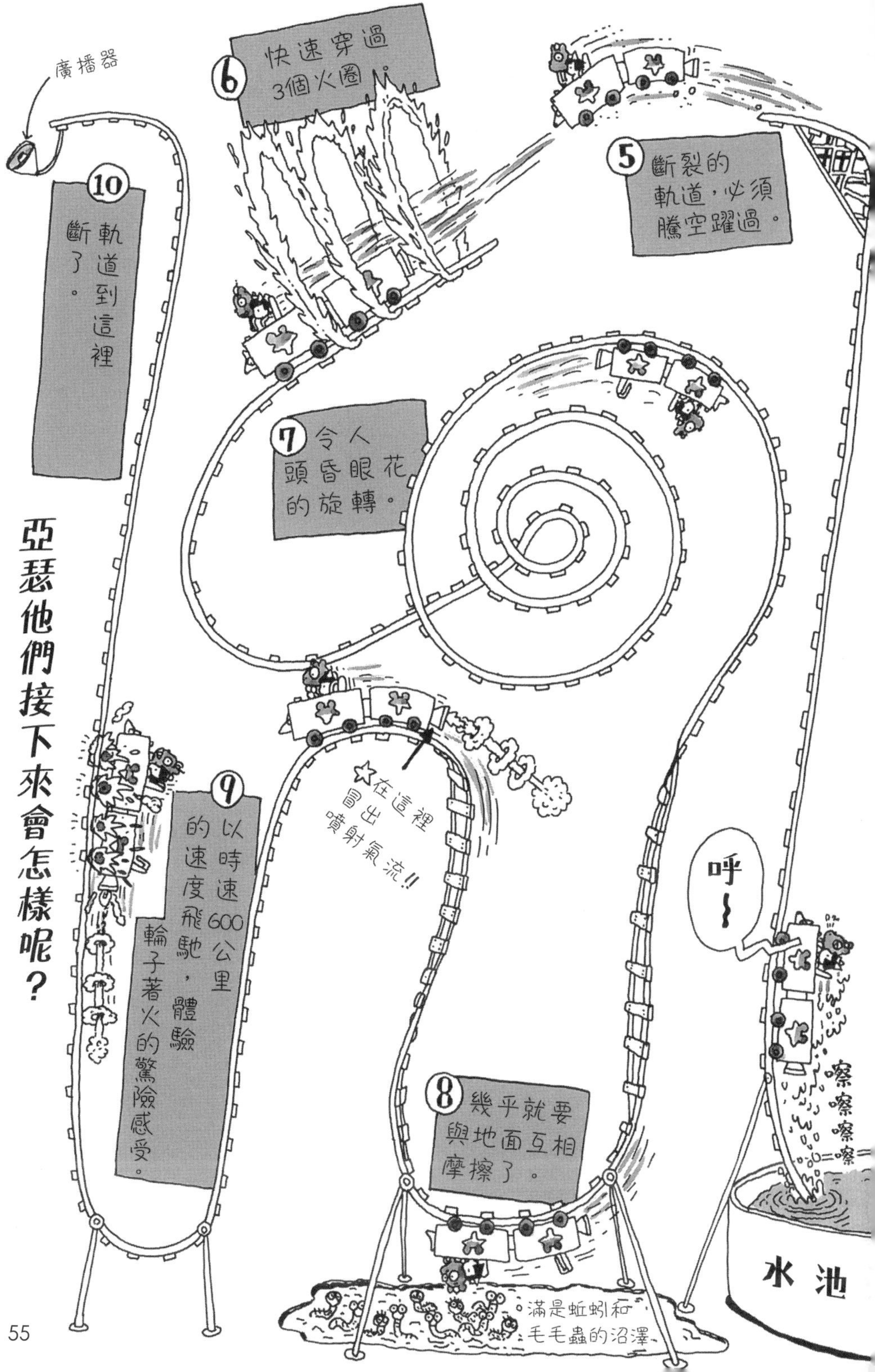
亞瑟他們接下來會怎樣呢？
廣播器
5 斷裂的軌道，必須騰空躍過。
6 快速穿過3個火圈。
7 令人頭昏眼花的旋轉。
★在這裡冒出噴射氣流!!
8 幾乎就要與地面互相摩擦了。
滿是蚯蚓和毛毛蟲的沼澤
呼～
嚓嚓嚓嚓
水池
9 以時速600公里的速度飛馳，體驗輪子著火的驚險感受。
10 軌道到這裡斷了。

嘎嘎嘎嘎嘎——

差不多到了軌道的盡頭時，噴射烤麵包機緊急停下來了。

「呼，得救了。」

「喂、喂，亞瑟，輪子著火了，我覺得屁股好燙喔。」

「哎呀呀，真的耶，可是不解開安全帶，就沒辦法逃命啊。」

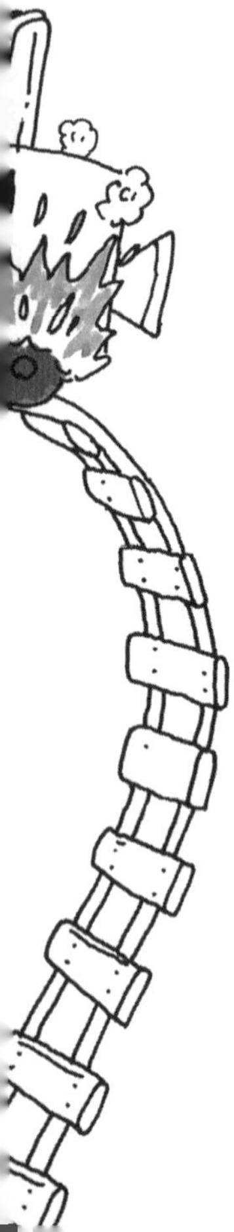

這時，廣播器傳出佐羅力的聲音。

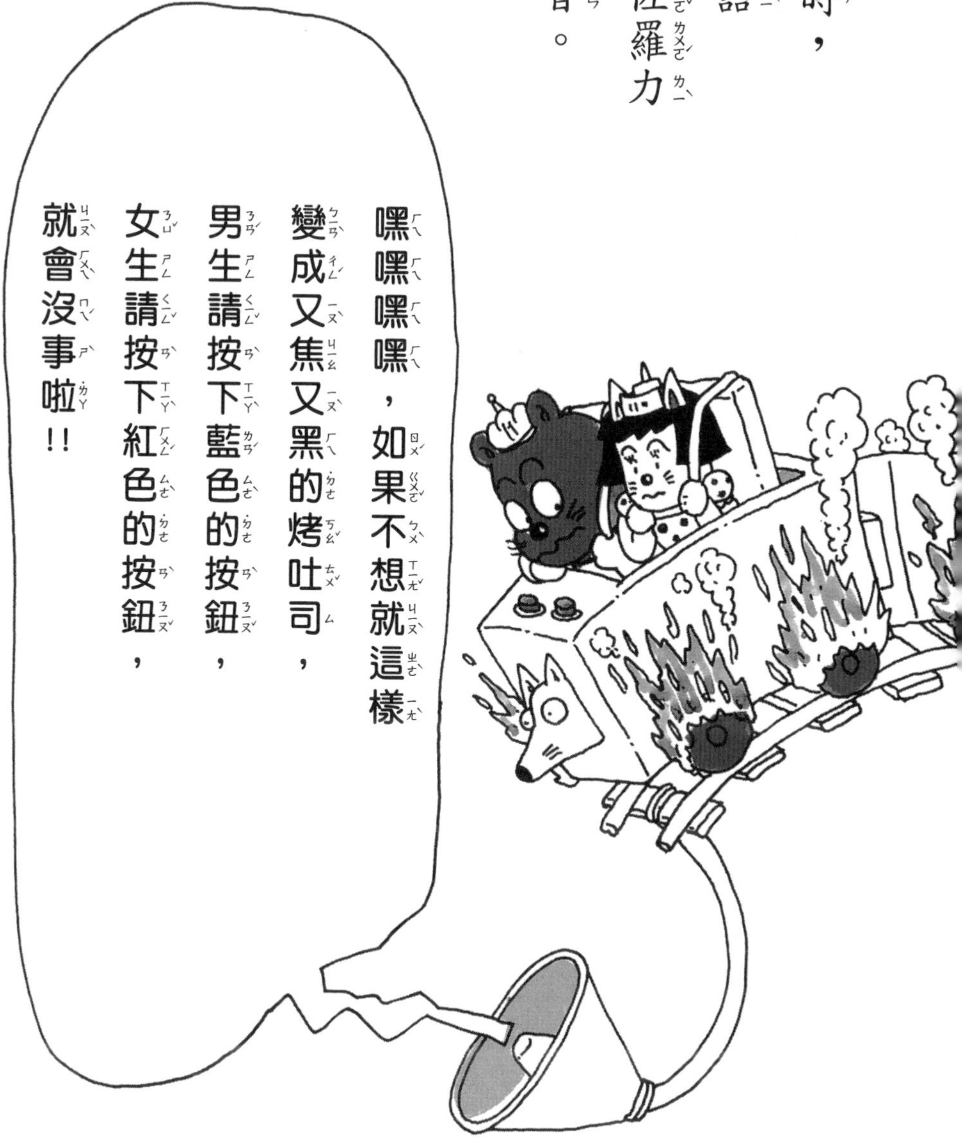
嘿嘿嘿嘿，如果不想就這樣
變成又焦又黑的烤吐司，
男生請按下藍色的按鈕，
女生請按下紅色的按鈕，
就會沒事啦!!

「哇啊啊啊啊，火燒屁股啦——！」

他們連忙按下按鈕。

結果究竟會變成怎樣呢？

安全帶鬆開了，艾露莎和亞瑟分別被拋往不同的方向。

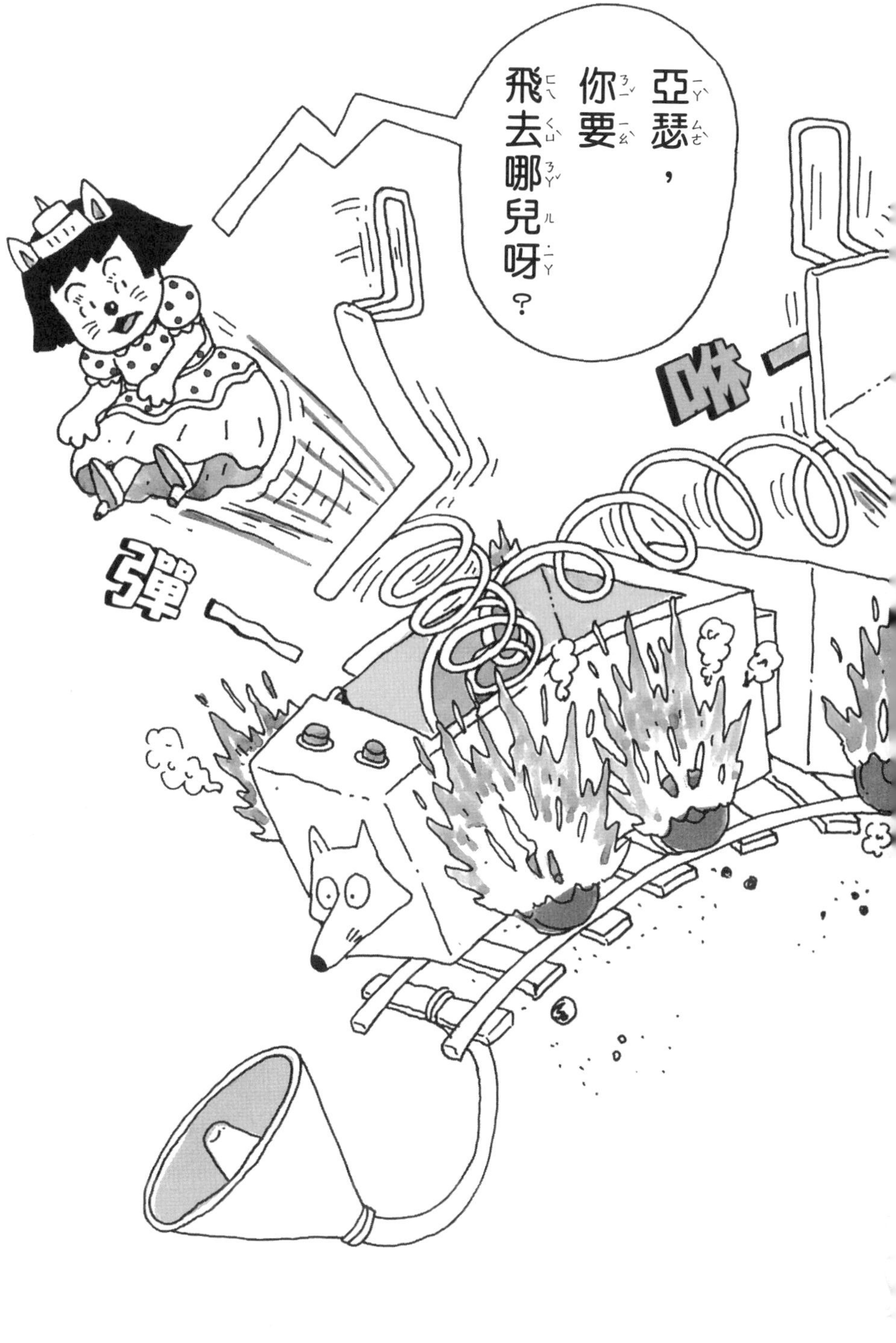
亞瑟，你要飛去哪兒呀？
咻—
彈—

亞瑟朝著狂轉木馬的方向飛去，伊豬豬和魯豬豬正等在那兒。而艾露莎則飛往

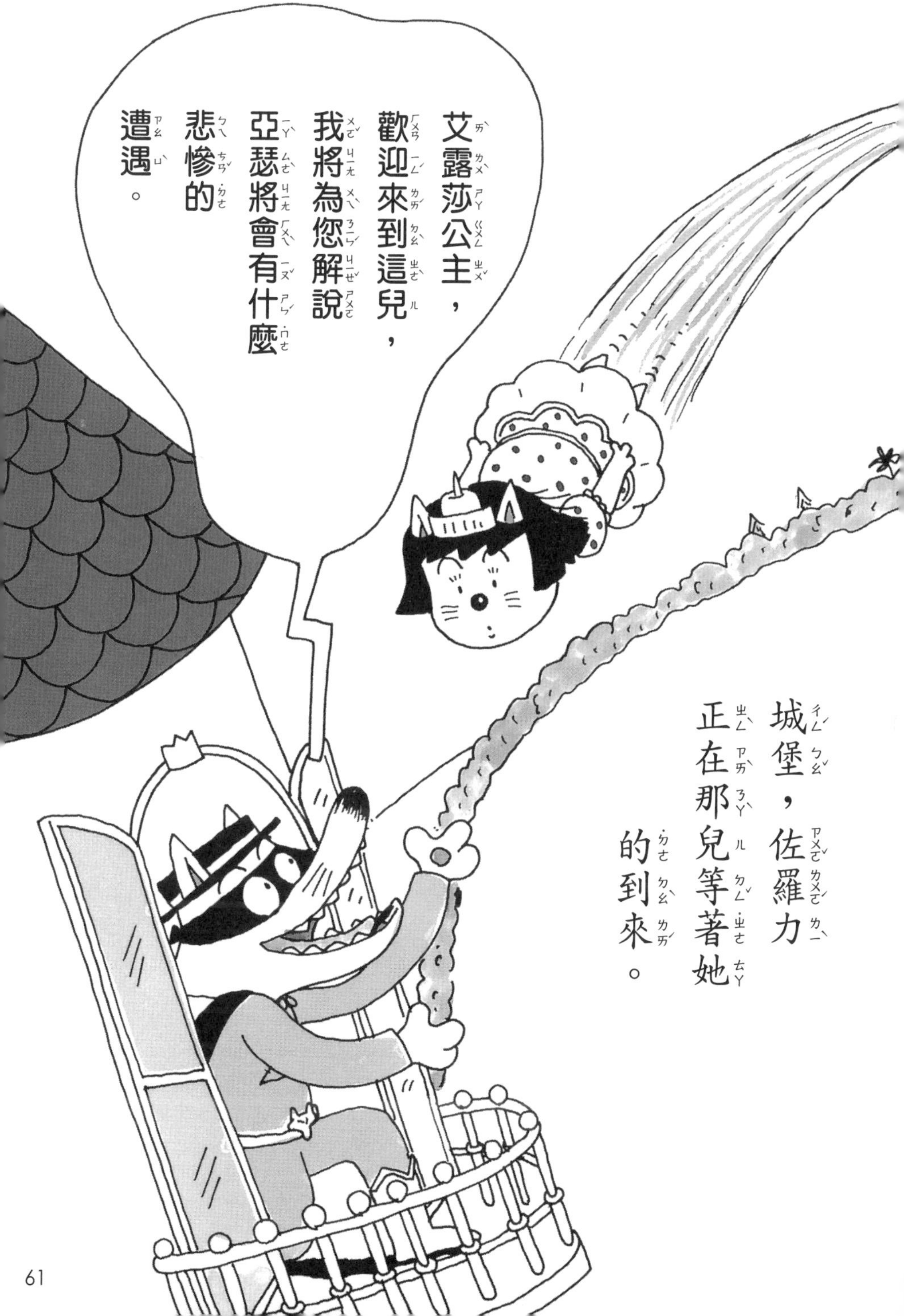
艾露莎公主，歡迎來到這兒，我將為您解說亞瑟將會有什麼悲慘的遭遇。

城堡，佐羅力正在那兒等著她的到來。

嘶
咚
① 亞瑟猛力的跌落到
木馬背上。
② 木馬立刻瘋狂的
快速旋轉起來——
③ 當亞瑟暈頭轉向時，
通行證就被拿走啦。
滴滴
答答
滴滴
答答
④ 而且不管是哪一匹
木馬——

滴滴 滴滴
答答 答答
⑤ 都裝著具有
超強爆炸力的煙火。
⑥ 七點整，
將猛烈爆炸。
什麼？
亞瑟，糟了，
快從木馬下來呀，
木馬快要爆炸
了啊——

狂轉木馬

也就是佐羅力遊樂園的旋轉木馬，如果你以為這些木馬只會慢慢的旋轉，那就大錯特錯了。它們旋轉的速度比賽馬還快呢。

「什麼！爆炸？」

亞瑟準備從木馬跳下，但是他的運氣很不好，通行證的繩子纏在木馬的柱子上，無論他如何努力，怎麼解都解不開；那一定是剛剛摔下來的時候就纏住了。

啊，現在只要把繩子解開，就能得救了。艾露莎，你等我喔。
魯豬豬，是行動的時候啦。
嗯，好的，伊豬豬。

「佐羅力大師吩咐我們，
把亞瑟搞得暈頭轉向後，
就乘機拿走通行證。」
伊豬豬和魯豬豬用盡全力，
將操縱桿往加速的
方向一推——
偏偏他們太用力了。

於是，狂轉木馬咕嚕咕嚕、咕嚕咕嚕，開始快速的狂轉起來，完全沒有辦法停下來。

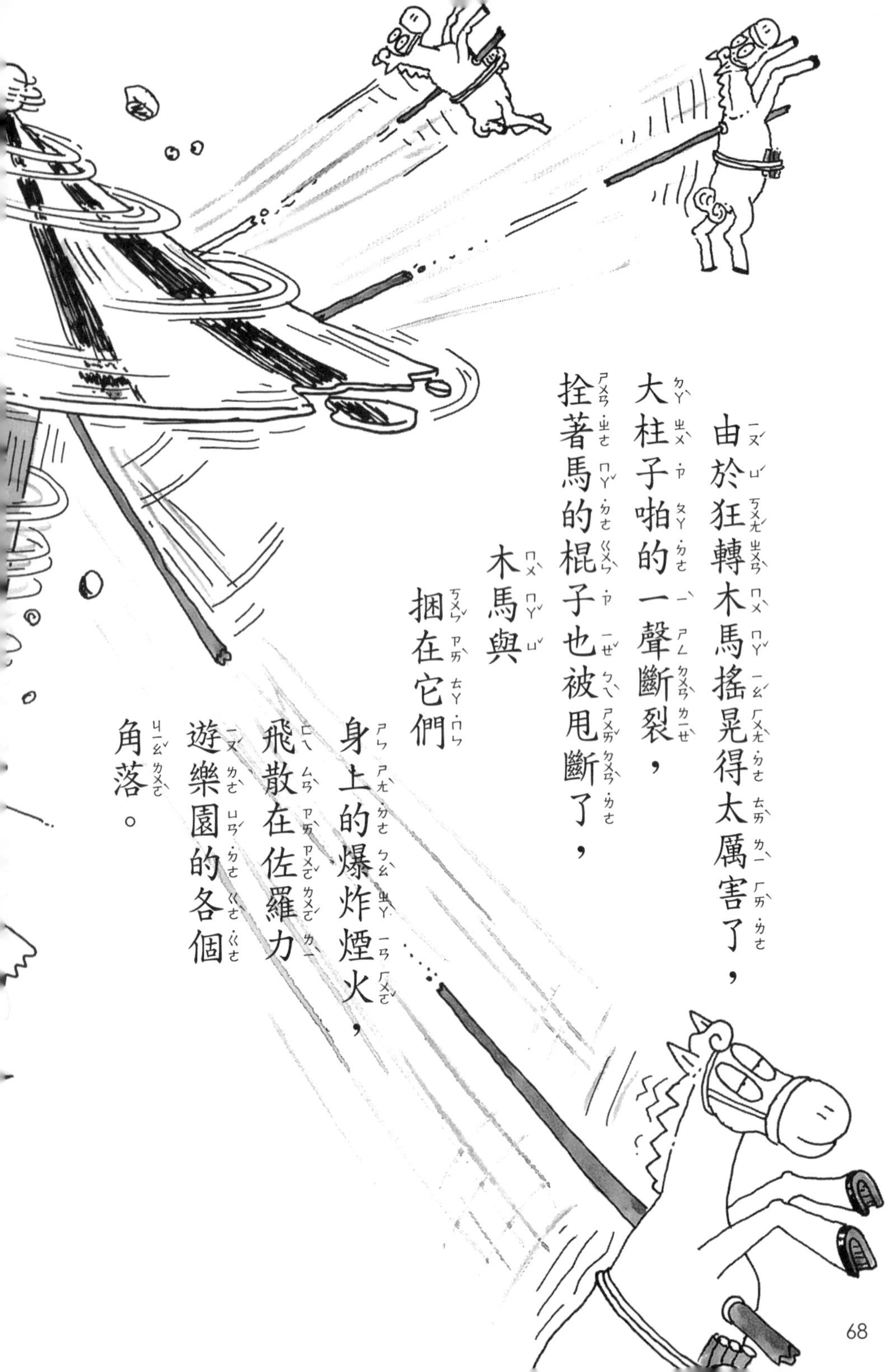

由於狂轉木馬搖晃得太厲害了，
大柱子啪的一聲斷裂，
拴著馬的棍子也被甩斷了，
木馬與
捆在它們
身上的爆炸煙火，
飛散在佐羅力
遊樂園的各個
角落。

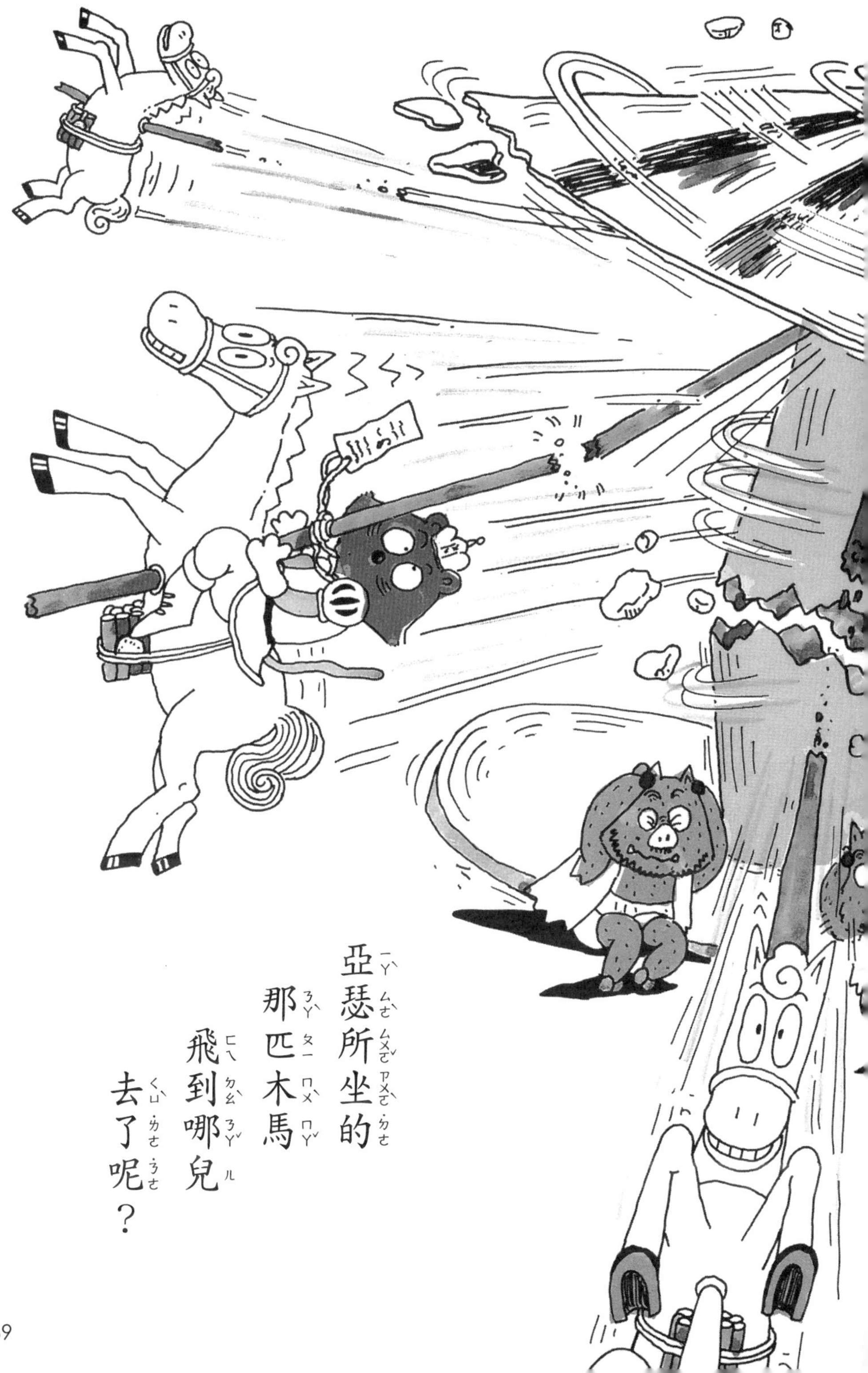

亞瑟所坐的那匹木馬飛到哪兒去了呢？

亞瑟一心想救出艾露莎，這份愛的力量，讓他乘坐的木馬，筆直的朝著城堡的方向飛去。

咻咻咻咻咻咻
不妙了！木馬往城堡那兒飛去了。
快趕去城堡。

艾露莎，我來了。
我親愛的亞瑟，你果然及時趕來救我了。
嗄？
怎麼會？

碰咚！

從窗戶飛進城堡的亞瑟，把脖子上的通行證繩子往上一拉，他終於脫離了木馬，然後跑向艾露莎身邊。

嘻嘻呵呵，亞瑟，重要的通行證在我手上啦！有了它，城堡就是我的了。
咚

「對我來說，艾露莎比什麼都重要，你想要城堡，就給你吧。」

亞瑟堅決的說完後，答答答答答答答答，樓梯那兒響起一陣腳步聲，這時跑上來的是——

——伊豬豬和魯豬豬。

「佐羅力大師，您沒事吧？」

「嘻嘻呵呵，就像你們看到的，通行證已經到手了，這座城堡也變成我的啦。」

「可是，那、那座木馬的爆炸煙火，再過十秒就要爆炸了。」

「啊，對喔，我都忘了這件事啦。
費盡千辛萬苦才到手的城堡，
要是被炸成碎片，
那可太慘了，
伊豬豬、魯豬豬，
現在你們就趕快
把這匹木馬丟到
窗外去。」
「是，遵命！」

「一、二、三——!!」

伊豬豬和魯豬豬兩人合力抱起

木馬，用盡全力的把它往外一拋。

然而……

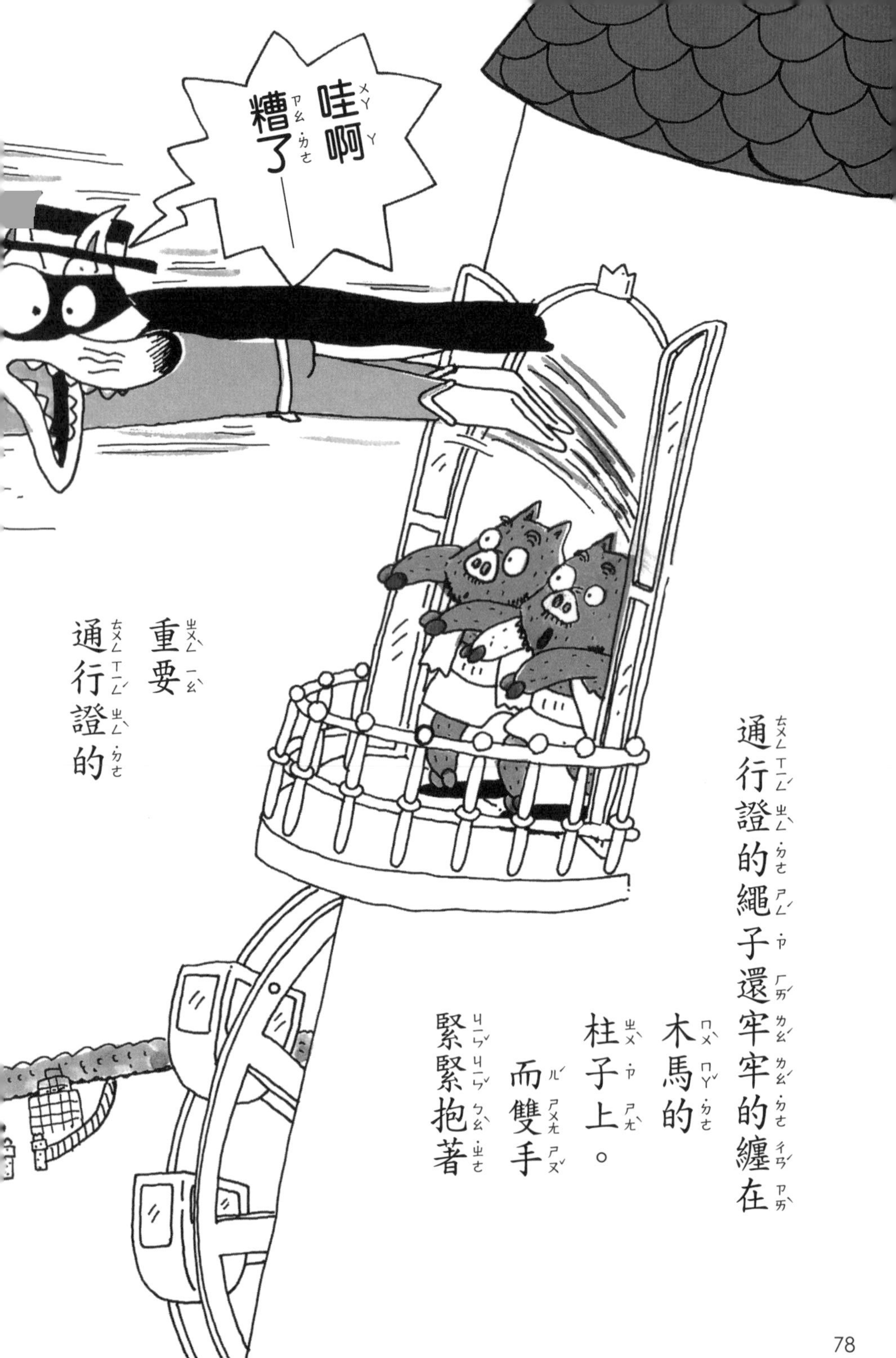

通行證的繩子還牢牢的纏在木馬的柱子上。而雙手緊緊抱著重要通行證的

佐羅力，當然也和木馬一起被拋往黑漆漆的空中。

這時，正好是——

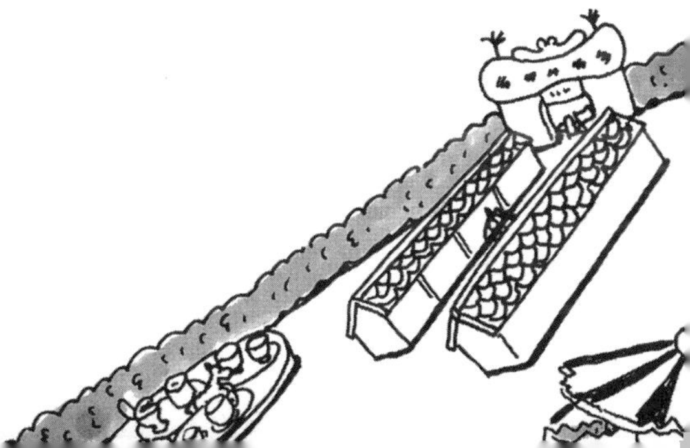

——七點整。
散落在佐羅力遊樂園
四處的爆炸
煙火，
同時一起
炸開了。
亞瑟，好浪漫喔。
嗯，艾露莎，這真是個美麗的夜晚啊。
佐羅力大師好可憐喔。
不過還真漂亮耶。

五顏六色
的煙火
讓夜空
變得好燦爛。

第二天早上，被煙火薰得像黑炭似的佐羅力，含淚坐在被炸毀的遊樂園地上。原本緊緊握在他手中的通行證也已經全部化成灰燼了，完全看不出上頭寫了什麼。

而城堡裡則傳出
亞瑟和艾露莎
快樂的笑聲。

◎這是佐羅力遊樂園的紀念照。
只要在虛線的框框裡貼上你的照片，
你就可以驕傲的跟朋友說，
你曾經去過佐羅力遊樂園喔!!

伊豬豬和魯豬豬為了治療佐羅力大師的傷，並設法讓他恢復往日活力，所以帶著他去泡溫泉。
啊——要不是你們白白浪費掉前面的11頁，我應該可以想出更周全的計畫，哼，真是氣死我啦。
不過，佐羅力大師，您的戰鬥力等級真是高得讓人佩服呀。
帶著溫泉粉到溫泉池的這幾個傢伙，是誰呀？
草津之湯
按哪
為了避免溺水，魯豬豬還套上泳圈。
湯之花

哦？是嗎？你們也知道本大爺很偉大嘍！好，下一回也要讓大家嚇得驚聲尖叫才行。一泡進溫泉裡哪，戰鬥力就變得好旺盛，簡直都要沸騰起來啦。
嗯，佐羅力大師就算失敗了，卻一點都不懊惱，這也很了不起喔。
咻～
咻～
☆用溫泉的蒸氣所蒸出的溫泉包子
☆為了儲備活力，等會兒要吃的溫泉蛋。

作者簡介

原裕 Yutaka Hara

一九五三年出生於日本熊本縣，一九七四年獲得ＫＦＳ創作比賽「講談社兒童圖書獎」，主要作品有《小小的森林》、《手套火箭的宇宙探險》、《寶貝木屐》、《小噗出門買東西》、《我也能變得和爸爸一樣嗎？》、【輕飄飄的巧克力島】系列、【膽小的鬼怪】系列、【菠菜人】系列、【怪傑佐羅力】系列、【鬼怪尤太】系列、【魔法的禮物】系列等。

譯者簡介

周姚萍

兒童文學創作者、童書譯者。著有《日落臺北城》、《臺灣小兵造飛機》、《山城之夏》、《我的名字叫希望》等書，譯有【名偵探】系列等。曾獲金鼎獎優良圖書推薦獎、聯合報讀書人最佳童書獎、幼獅青少年文學獎、九歌年度童話獎、好書大家讀年度好書等獎項。

國家圖書館出版品預行編目資料

怪傑佐羅力之恐怖遊樂園
原裕 文、圖；周姚萍 譯 --
第一版. -- 台北市 : 天下雜誌, 2011.06
92 面 ;14.9x21公分. --（怪傑佐羅力系列；8）
譯自：かいけつゾロリのきょうふのゆうえんち
ISBN 978-986-241-293-0（精裝）
861.59 100005468

かいけつゾロリのきょうふのゆうえんち
Kaiketsu ZORORI sereies vol.08
Kaiketsu ZORORI no Kyoufu no Yuenchi

怪傑佐羅力系列 08

怪傑佐羅力之恐怖遊樂園

作者｜原裕
譯者｜周姚萍
責任編輯｜張文婷
特約編輯｜蔡珮瑤
美術設計｜蕭雅慧

天下雜誌群創辦人｜殷允芃
董事長兼執行長｜何琦瑜
媒體暨產品事業群
總經理｜游玉雪
副總經理｜林彥傑
總編輯｜林欣靜
資深主編｜蔡忠琦
版權主任｜何晨瑋、黃微真

出版者｜親子天下股份有限公司
地址｜台北市 104 建國北路一段 96 號 4 樓
電話｜（02）2509-2800
傳真｜（02）2509-2462
網址｜www.parenting.com.tw
讀者服務專線｜（02）2662-0332
週一～週五：09:00~17:30
讀者服務傳真｜（02）2662-6048
客服信箱｜parenting@cw.com.tw

法律顧問｜台英國際商務法律事務所・羅明通律師
製版印刷｜中原造像股份有限公司
總經銷｜大和圖書有限公司
電話：（02）8990-2588
出版日期｜2011 年 6 月第一版第一次印行
2023 年 5 月第一版第二十三次印行
定價｜250 元
書號｜BCKCH021P
ISBN｜978-986-241-293-0（精裝）

訂購服務
親子天下 Shopping｜shopping.parenting.com.tw
海外・大量訂購｜parenting@cw.com.tw
書香花園｜台北市建國北路二段 6 巷 11 號
電話｜（02）2506-1635
劃撥帳號｜50331356 親子天下股份有限公司

有聲故事書

日本熱賣25年，狂銷3,300萬本的經典角色

讓你笑到彎腰、幽默破表的
開胃閱讀系列

怪傑佐羅力

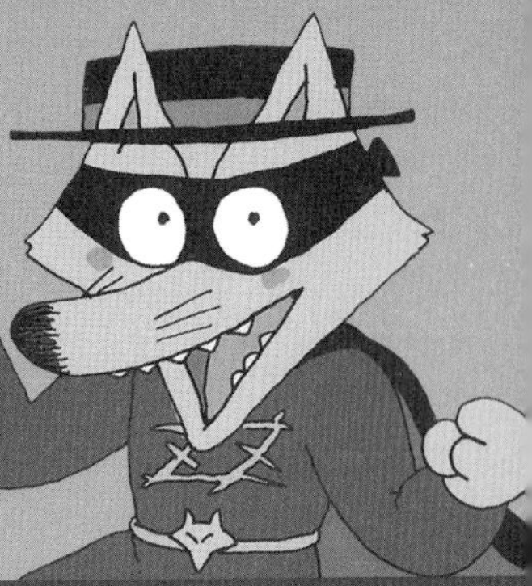

連續五年圖書館小學生借閱率前三名

不論遇到什麼困難，佐羅力都絕對不會放棄。我認為懂得運用智慧、度過難關，這種不放棄的精神，是長大進入社會以後最重要的事。

——【怪傑佐羅力】系列作者 **原裕**（Yutaka Hara）

不靠魔法打敗哈利波特的佐羅力

日本朝日新聞社調查幼稚園~國小六年級3,583位小朋友，佐羅力打敗哈利波特，是所有小朋友心目中的最愛！

風靡所有孩子的佐羅力精神

★雖然每次的惡作劇都失敗，卻反而讓佐羅力成為樂於助人的正義之士。
★不管遇到什麼挫折，佐羅力總是抬頭挺胸向前走。
★雖然媽媽不在身邊，卻總是想著媽媽，勇敢面對挑戰，所以佐羅力永遠不會變壞。
★不只故事有趣，藏在書中各處的漫畫、謎題、發明，每次讀都有新發現。

下一本永遠更有趣，讓孩子想一直讀下去

佐羅力雖然很愛惡作劇，卻常常失敗，反而幫助了別人，真是太好笑了！

——台灣・陳稷謙・小三

【佐羅力】系列不僅字體大容易閱讀，還包含很多像漫畫般的插圖，非常適合作為孩子自己閱讀的第一本書。我的孩子是因為看了【佐羅力】，才變得能夠單獨閱讀一本書。

——日本・家長

雖然佐羅力很愛惡作劇，卻很看重朋友，一不小心還會做好事。這點讓女兒覺得很有趣，還讓她聯想到自己與朋友間的關係，甚至產生「佐羅力即使失敗，也會多方思考，絕對不放棄」這樣不怕挫折的想法。

——日本・家長

現在就和**佐羅力**一起出發！

為了向天國的媽媽證明，自己能夠成為頂天立地的「惡作劇之王」，佐羅力帶著小跟班伊豬豬、魯豬豬，展開充滿歡笑和淚水的修練之旅……

佐羅力

為了讓在天堂的媽媽以他為榮，佐羅力立志成為「惡作劇之王」，勇敢踏上修練之旅。旅途中佐羅力喜歡打抱不平，常有驚人的創意發明，雖然每次惡作劇都以失敗收場，卻陰錯陽差解決難題，搖身變成眾人感謝的正義之士。

伊豬豬、魯豬豬

貪吃的野豬雙胞胎，哥哥伊豬豬右眼和右鼻孔比較大；弟弟魯豬豬左眼和左鼻孔比較大。兩人因為仰慕佐羅力成了小跟班，尊稱佐羅力為大師，卻總是幫倒忙，造成不可收拾的混亂，拖累佐羅力的計畫。

佐羅力的媽媽

溫柔的母親是佐羅力最念念不忘的人，但她在佐羅力小時候就已經去世。由於佐羅力個性迷糊，讓她即使在天堂，卻仍然常常來到人間，關心寶貝兒子的一舉一動，偶而還會偷偷幫助佐羅力，是一位愛子心切的好母親。

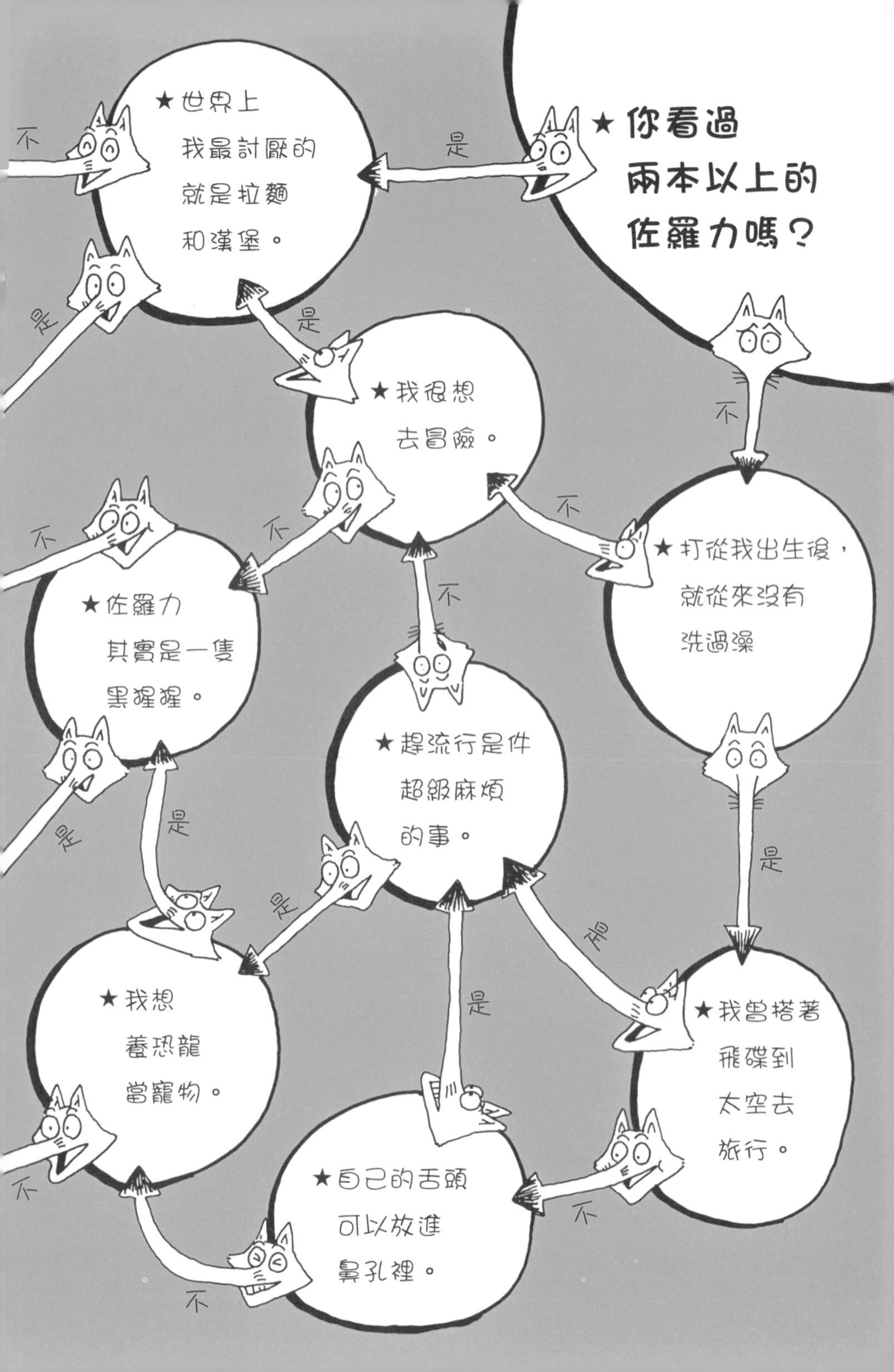
★你看過兩本以上的佐羅力嗎？
★世界上我最討厭的就是拉麵和漢堡。
★我很想去冒險。
★打從我出生後，就從來沒有洗過澡
★佐羅力其實是一隻黑猩猩。
★趕流行是件超級麻煩的事。
★我曾搭著飛碟到太空去旅行。
★我想養恐龍當寵物。
★自己的舌頭可以放進鼻孔裡。